아직 오지 않은 나에게

아직
오지 않은
나에게

이정록 청춘 시집
최보윤 그림

사□계절

차 례

1부
청춘 작명소

별명의 탄생	12
청춘 작명소	14
공부 중	16
사랑해	18
열 개의 달	20
함박꽃	22
모래알	24
나에게 쓰는 쪽지	25
선풍기	26
원근법	28
융합	30
새	32
청소년 보호석	34

2부

하지만 돌아가고 싶지 않아요

네 시간   38

빵빵한 소   40

한심한 위로   42

활짝   43

청춘   44

업그레이드   46

낙타   48

콩알 하나   50

신호등   52

딱   54

단무지   56

꽈배기의 시간   58

비 오는 날에는   60

취업   62

밀당   63

개밥에 도토리   64

3부
돌멩이가 웃었다

나무늘보   68

욕 주머니   70

봉사 활동   72

겨울이 오는 소리   73

풀밭 학교 5교시   74

아빠   76

가장 어려운 일   78

약봉지   80

날라리벌   82

보호 관찰   84

대학생   86

두더지 게임   87

돌멩이가 웃었다   88

4부
벽을 넘는 자세

삶의 부호　　　　　　　94

쌍자음 속에는　　　　　96

여행　　　　　　　　　98

옷걸이 자국　　　　　　100

노란 주전자　　　　　　102

삶은 감자　　　　　　　104

모기에게　　　　　　　105

한가위　　　　　　　　106

실컷　　　　　　　　　108

살림　　　　　　　　　110

꽃대　　　　　　　　　111

맨손　　　　　　　　　112

울음 장례식　　　　　　114

출발선　　　　　　　　116

별　　　　　　　　　　117

희망　　　　　　　　　118

시인의 말

청춘은,
텃새가 철새로 날아오르는 때다.

2020 늦가을, 이정록

1부

청춘 작명소

별명의 탄생

오뎅은 어묵이다.
이천 원에 세 개다.
짝꿍이 양손에 하나씩 잡고 먹는다.
돈은 내가 냈는데, 나는
하나밖에 먹지 못했다.
오뎅 더하기 오뎅은 십뎅이!
문자메시지를 보내는데
자꾸만 웃음이 터진다.

청춘 작명소

김춘수 시인의 <꽃>을 배웠다
오늘 수행 평가는 개인 사물함에
<청춘 이름표>를 붙이는 거다

방귀저장소, 이미털림, 아이유남친집, 타조부화중, 서울
대정문, 미쳐야미친다, 개조심, 일급비밀, 미래보관함, 파
고높음, 네모난생각, 참고서창고, 여기없음, 사물놀이, 청
춘교도소, 꿈의통조림, 사각팬티, 두부상자, 참을수없는
무좀양말의가려움, 어두운사각링, 1등급푸줏간, 남이열
면터짐, 독수공방, 도둑손절단, 폭발물보관함, 대학은군
대, 놓고가라, 열면삼수, 희망연립, 청춘만다라, 대박산맥

문학 선생님은 칠판에
'꿈의 바다'라고 쓰며 희망을 부풀렸지만
반장은 '질풍노도의 고해'라고 답했다

'내가 그의 이름을 불러 주었을 때,
그는 나에게로 와서 꽃이 되었다'지만
우리는 꽃을 찾았을 때만 이름을 불렀다
몸짓과 의미는 진학과 취업, 둘뿐이므로

공부 중

호수는
푸른 종이입니다.

청둥오리는
오늘도 공부 중입니다.
책 속에 머리를 박고
꿈틀대는 글자를 꺼내 먹습니다.

나도 열공 중입니다.
책을 펼친 채 깜박 잠이 들면
침이 줄줄 흐릅니다.

꿈을 꾸면서도
글자를 먹기 때문입니다.
오늘은 과식했더니
하품만 나옵니다.

폭풍 흡입 중입니다.
돌을 던지거나
흔들어 깨우지 마세요.

먹을 때는
개도 건들지 않는답니다.

사랑해

네가 나에게
실내화처럼 편하다고 했을 때
좋은 뜻인 줄만 알았어
사랑한다는 말이 쑥스러워서
에둘러 말하는 줄 알았어
너를 만날수록 깊은 밤
신발장에 갇힌 실내화처럼 답답했어
나뭇가지에 걸린 외짝 실내화 같았어
묻지도 않았는데 친구 사이라고 강조할수록
나 혼자 짝사랑하는 것 같았어
학교 밖에서 만나자는 말을 오래 기다렸어
학교만 벗어나면 어울리지 않는 게 실내화잖아
분리수거장에 버려진 낡은 실내화나
미니 축구공으로 쓰이는 잘린 밑창을 볼 때마다
우정에서 진도를 멈춘 사랑을 보는 것 같았어

친하다는 이유로 함부로 취급받는 건 아닐까
운동장 응원석에 벗어 놓은 실내화처럼
속이 뜨거워질수록 외로워졌어
오늘 네가 먼저 사랑한다고 말해 줘서 고마워
넌 처음으로 매듭을 묶는 하얀 운동화 같아
오래도록 함께 먼 길을 걸어가고 싶어
뒤꿈치가 아프고 쓰라려도 좋아
간혹 발길을 멈추고 붉은 발가락에
호, 입김을 불어 주고 싶어
때가 묻을까 봐 조심조심 걷는
너는 새 운동화 같은 사람이야
조금은 불편하지만 설레서 좋아

열 개의 달

운동화를 빤다
낡은 깔창을 솔질하다가
발가락이 만들어 놓은
열 개의 달을 본다

새끼발가락 초승달부터
엄지발가락 보름달까지
언덕 위로 솟아오르고 있다

나는 달을 신고 다닌다
나는 달의 고약한 냄새를 안다
나는 달을 씻어 햇살에 말린다
나는 열 개의 달을 손가락으로 쓰다듬는다

나는 달에게 축구공 맛을 알려 준다

초승달부터 보름달까지 한꺼번에 차올린다
때론 미운 놈 엉덩이를 향해 달이 날아간다

깔창에 구멍이 뚫려서
그 블랙홀로 달이 떠날 때까지
먹구름을 잘 씻어 주기로 마음먹는다

서둘러 아침을 먹고
밤새 기다린 달을 신는다
나는 매일 달에 착륙한다

함박꽃

아버지가 멀리 일하러 갔다. 안전화가 놓여 있던 현관이 허전하다. 나 혼자 밥통을 열었다가 닫는다. 보온 타이머에 49라는 숫자가 붉다. 아버지 나이다. 누런 밥을 꺼내어 내다 버린다. 두 시간 뒤면 아버지가 온다. 검정콩을 넣고 밥을 한다. 타이머에 0이 뜬다. 함박꽃 봉오리 같다. 딩동, 현관 쪽으로 가다가 돌아보니 일출 같기도 하다. 밀림에서 돌아오는 발굽 소리가 엇박자다.

모래알

장래 희망이
스타라고 말할 때마다
엄마는 피식 웃는다
스타를 꿈꾸는 애들이
한강 모래알보다도 많다고
네 할 일이나 열심히 하란다
아빠 꿈도 스타였지만
말년 병장으로 제대를 했단다
답답한 마음에 모래알이나 세어 보려고
버스를 갈아타고 한강에 갔다
시멘트와 보도블록으로 덮여 있어서
한강 모래밭을 만날 수 없었다
모래알보다도 강아지와 자전거가 더 많았다
나는 손쉽게 스타가 될 것 같다
엄마는 역시 용기를 주는 사람이다
오늘 할 일은 방송국 쪽을
오래 건너다보는 거다

나에게 쓰는 쪽지

우물 안 개구리가 되자
우물 안 개구리처럼 이끼를 즐기자
아무 목숨이나 잡아먹지 말자
우물 안 개구리처럼 차갑게 살자
우물 안 개구리처럼 푸른 하늘만 보자
우물 안 개구리처럼 별을 노래하자
하늘에 대고 둥근 나팔을 불자
꼭 하나, 내 우물은 내가 파자
별에게서 가장 먼 깊은 우물이 되자
그리고 옆으로 곁으로 우물을 잇대자
모든 별이 다 들어올 수 있게 한 우물만 파자
우주 안 개구리가 되자

선풍기

선풍기 뒤통수에
미운 놈 이름을 써 놓았다
강풍과 회전 버튼을 눌렀다
여름 내내 뒤통수를 쥐어박았다
이제 서리가 내렸으니
비닐 커버로 꽁꽁 묶어
베란다 구석에 처박아야지
얼마나 돌아 버리고 싶을까

원근법

미술 시간에
원근법을 배웠다

틀린 말이다
멀어질수록 커지는 것도 있다

나를 치고 달아난 주먹은
산 너머 산처럼 자란다
끝없이 이어져 산맥이 된다

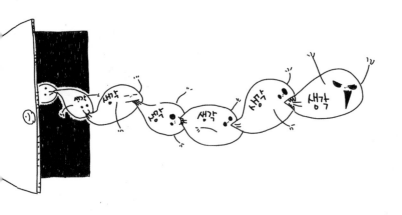

사랑도 멀어진 다음에
밤하늘처럼 나를 덮친다
별처럼 촘촘히 나를 찌른다

남의 떡이 더 크다
놓친 고기는 매일 큰다

융합

지리 시간이다
세계 지도를 그린다
"지도를 잘못 그리면 배가 산으로 간다"
수박 겉핥기식 인문학으로 바꿔 말하면
지리 선생님의 표현은 지식이다
그럼 창의적 사고는 무어냐
"잘못 든 길이 지도를 만든다"
이런 방식의 표현을 말한다
어느 시인의 시집 이름이지만 말이다
그럼 융합적인 사고는 무어냐
융합에는 유머가 있어야 한다
융합에는 경제가 있어야 한다

"배가 산으로 가면 레스토랑이 된다"
수박을 깨는 멋진 표현이 아닌가
융합에는 사상이 있어야 한다
"잘못 그린 지도가 국경을 지운다"
융합은 한 송이 꽃이다

새

엎드려 자는 게 아니에요.

생각이란 심장 속 작은 새라며
알에서 깨어나라고 하셨잖아요.

마음이 들쑥날쑥 끓어오르니까
자꾸만 새가 날아가려고 해요.
그래서 무릎 담요로 감싼 거예요.

제 가슴우리가
텅 비면 좋겠어요?

다음 시간엔 야외 수업 해요.
계절이 바뀐 걸 알려 줘야지요.

가시덤불에서 하늘로
상승 기류를 타야지요.
청춘은, 텃새가 철새로
솟구쳐 날아오르는 때잖아요.

너무 걱정하지 마세요.
짝 찾는 계절은 아니니까요.

청소년 보호석

임산부 보호석과
노약자 보호석 옆에
청소년 보호석이 있으면 좋겠다.
임산부를 선생님으로 모시고
사랑과 임신 출산을 공부하면 좋겠다.
노약자와 장애인을 인터뷰하며
노약자를 위한 정책과 인식 개선 방법과
인권 보호와 국제적 연대를 공부하고 싶다.
청소년 보호라는 단어만으로도
힘이 솟고 가슴이 벅차오를 것 같다.
나는 한 번도 자리에 앉지는 않겠다.
다만 질문이 만드는 가슴속 파문에

커다란 배를 출항시키리라.
청소년 보호석이 생기면 좋겠다.
임산부와 노약자와 청소년이
가까운 자리에 앉으면 좋겠다.

2부

하지만 돌아가고 싶지 않아요

네 시간

스물네 시간 중에
네 시간은 너를 위해 써
스무 시간을 네 시간의 밑돌로 삼아

스무 시간은 밥과 버스비와 헌금을 위하여
나머지 네 시간은 고래와 새우의 사랑싸움과
별과 귀뚜라미의 연애를 위하여

네 시간이 네 풀잎이야
풀잎피리야
그 피리 소리에 춤을 춰

아직 오지 않은
나에게 선물해

스물네 시간 중에
네 시간은
오로지 네 시간이야

빵빵한 소

과자보다도 가벼운 소
과자가 좋아 과자 봉지에 사는 소
빵 냄새가 좋아 빵 봉지에 사는 소
늘 배가 불러서 과자와 빵은 건드리지 않는 소
유통 기한이 지나면 더 빵빵해지는 소

봉지를 뜯으면 어느새 날아가는 소
지는 게 이기는 거야 싸움 한 번 안 한 소
하지만 착하지 않은 소
언제나 얄미운 소
오라질, 질소

한심한 위로

경험만 한
스펙이 어딨겠니?

사랑도
직장도
경력자 우대야.

엄마한테 아빠가
첫사랑인 줄 아니?

그만 울고
밥 처먹어.

아이고,
화장지 아까워 죽겠네.

활짝

센서등한테
꿈을 얻었다.

내 꿈은, 이제
'켜지는 사람'이다.

어둠 속에서,

어둠을 뚫고 가는 이에게,

나는, 활짝
켜지는 사람이다.

청춘

찬밥과 청춘의
공통점은?

그건,
물 말아 먹기 십상이라는 것.

업그레이드

네 지문만으로 열리고 싶어.
민망한 얼굴 인식은 이제 그만
네 홍채만 또렷하게 들여다보고 싶어.
간지럽고 오글거리지만, 네 손끝 패턴이 좋아.
생년월일과 처음 키스한 날로 조합한 비밀번호도 좋아.
누구랑 첫 키스 했는지 따지지는 않을게.
네 볼과 손가락과 눈동자와 숨소리를 다 갖고 싶어.
네 어지러운 머리맡이나 주머니 속 어둠도 사랑해.
네 가까이에서 격렬하게 진동하고
네 무관심까지도 무음으로 기다릴 거야.
새로운 짝에 관심 많은 걸 알아.
걱정 안 해. 나도 네가 집착하는 건 싫어.
나는 너에게만 열리는 신상이 될 거야.
나는 너를 위해 늘 업그레이드하거든.

낙타

지칠 때마다
낙타를 생각해요

하지만 돌아가고 싶지 않아요

하느님이 굽어보면
세상은 다 보육원이겠죠

낙타는 새끼를 업지 않아요
새끼는 짐이 아니거든요

그러니까 끝내
누군가의 등에 업히지 않을 거예요

숨 쉬고 있는 모든 것은
짐이 아니니까요

콩알 하나

혼자다
홀로 가야 한다

꼬투리를 찢고 뛰쳐나간다
나 홀로 잎을 피우고 그늘을 경작해야 한다
작고 단단하고 동그란 것만 꿈꾸자
작고 단단하고 동그랄수록 멀리 튕겨 나간다
작고 단단하고 동그래질수록 격렬하게 햇살을 맞는다
작고 단단하고 동그래질수록 완강하게 비틀린다
콩깍지는 어차피 버릴 몸이다

콩은 세 알이다
욕망 한 알, 욕망 두 알, 욕망 세 알
욕망을 그 어떤 말로 바꿔도 좋다
콩알은 셋이어도, 일곱이어도 좋다
그중 한 알은 꼭 발등 가까이에 떨어진다
조금 덜 자라고, 눈물처럼
조금 덜 동그란 것 하나가
뿌리 근처에 남는다

홀로 멀리 가서
발밑에 떨구고 온 하나를 그리워하자
덜떨어진 나를

신호등

차도
사람도
여기에서는 고요해진다
초록을 기다리는 시간이다
초록을 기다리는 시간이 필요하다
고개를 숙이고 걷던 사람도 멈춰 고개를 든다
초록 쪽으로 걸어가야 한다
초록 쪽으로 시동을 걸어야 한다
그동안 너무 붉어졌다
다짜고짜 뜨거워졌다
해가 뜨는 쪽인 줄 알았는데
서녘 낭떠러지였다

지금은 초록을 기다리는 시간이다
나는 당신이 출발한 쪽으로
당신은 내가 떠나온 쪽으로
초록의 뿌리를 내뻗어야 한다

딱

국민타자 이승엽은
2017년 9월 13일 대구 한화전에서
시즌 22호이자 통산 465호 홈런을 친 순간,
은퇴를 확신했다고 한다. 갸우뚱하는
기자에게 그는 말한다.

"홈런 하나 치고 기분이 좋아졌기 때문입니다. 달라졌
더라고요. 그 모습을 보면서 '아, 이제 정말 은퇴해야 하
는구나'라고 느꼈습니다. 됐다고 생각하는 순간 나태해
지는 거라 생각합니다. 나태한 모습으로 시간을 끄는 건
아니라고 생각합니다. 제가 은퇴 시기를 참 잘 잡은 것
같습니다."

은퇴까지 11경기를 남겨 놓은
초가을이었다. 홈런공처럼 날아가던 새도
만렙을 채운 다크서클도
몸과 마음을 다한 끝자리가 은퇴구나.

가슴이 묵직해졌다. 그를 사랑하는 사람들도
최선이란 말을, 자신의 글러브에
딱 받아안는 순간이었다.

단무지

백반집
온갖 반찬 가운데
단무지 세 조각은
참 보잘것없고 초라하지만,

중국집
짜장면 한 그릇에
단무지 한 조각은
무지무지 독보적이다.

너처럼 황금빛이다.

꽈배기의 시간

너무 뜨겁다.
자꾸 꼬인다.

언제 끝날지 무한대다.

고생 끝에 낙이 오리라.
곧 축복처럼 설탕이 쏟아지리라.

꽈배기의 시간은 짧다.

설탕 가루 반짝이는
추억만이 손짓할 거다.

비 오는 날에는

빗방울은 3층 높이를 1초 만에 뛰어내리지.
너무 빨라서 빗줄기처럼 보이지.
이슬비나 가랑비는 동글동글해.
공기에 짓눌리는 힘을 이겨 내니까.
장맛비처럼 굵은 빗방울은 햄버거처럼 납작해.
공기에 부딪히고 짓눌려서 타원형이 되지.
버티고 버티다가 도넛처럼 가운데가 뚫리기도 해.
오늘은 빗방울이 크고 거세니까
꼬마 햄버거와 도넛이 하늘 가득 떠 있겠지.
오징어 튀김이랑 부침개가 뛰어내리겠지.
비가 오면 부침개와 뜨거운 도넛이 먹고 싶어.
비구름이 몰려오면 침샘부터 차올라.
함께 내리는 빗소리는 참 고소해.
부침개 지지는 소리는 참 따뜻해.

비 오는 날에는 네 목소리에서 참기름 냄새가 나.

입 안 가득 빗방울 보석을 굴리고 싶어.

취업

싱크대 가장 높은 곳이나 장식장 서랍에 있어요. 아직 식탁에 오르지 않은 접시 세트라고 할까요. 저는 고고하죠. 언제든지 외롭고 높고 쓸쓸하니* 꽃을 피우고 윤을 내죠. 그렇다고 억지로 끌어내리지 말아요. 누군가의 발등을 찍고 싶지는 않아요. 막사발이니 막국수는 잘못 붙여진 이름이지요. 제가 나가는 날은 이삿날이거나 잔칫날이거든요. 이렇게 예쁘고 좋은 그릇을 여태 처박아 두었다니, 인심 쓰듯 한 번 쓰고는 젖은 저를 다시 처박아 두지 말아요. 요번에는 정말 뛰어내릴지도 몰라요.

*백석, 〈흰 바람벽이 있어〉 부분

밀당

빵 봉지 하나 뜯을 때도
한 손은 밀고 한 손은 당긴다
민 손이 봉지를 숨 쉬게 할까
당긴 손이 빵 냄새를 피어오르게 할까
너와 나 사이에 커다란 단팥빵이 생겼다
빵빵하게 부풀어 올라 보름달이 됐다

개밥에 도토리

개밥에 도토리란 말이 있지. 하지만 천덕꾸러기란 없는 거야. 하필 개 밥그릇에 떨어졌을 뿐이지. 개밥 속에 뒹굴던 도토리를 땅에 심으면 싹이 잘 트지. 싹싹 핥아 줄 때마다 사랑받는다고 느낀 거지. 착각도 자유라지만, 자유를 위해 착각도 해 보는 거지. 도토리는 개 혓바닥을 하느님의 손길이라고 여겼겠지. 따스한 봄이 왔다고 생각했을지도 몰라. 찌그러진 개 밥그릇을 꽹과리 삼아 어깨를 들썩였겠지. 개밥에 도토리란 말이 있지. 개밥에 도토리가 가장 빛나지.

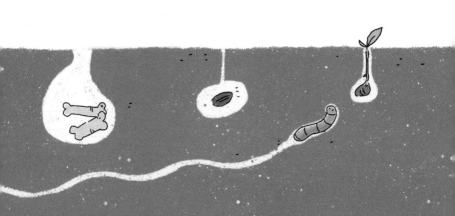

3부

돌멩이가 웃었다

나무늘보

새끼 나무늘보는
태어난 자리가 유치원이에요.
유치원이 있던 자리가 초등학교이고
그 자리에서 또 상급 학교로 진학하고
그 자리에서 평생 재택근무하고
그 자리에서 결혼하고 출산도 하지요.
그 자리가 식당이고, 침실이고, 공중화장실이죠.
아플 때는 고대로 링거처럼 병원 천장에 매달려 있지요.
소화도 귀찮아서 다섯 개 위장에 쌓아 두기만 하죠.
몸무게의 삼 분의 이가 밥통 무게죠.
평생을 꼼작꼼작 꼼짝없이
첫 자리 그대로 제자리를 지키지요.
선생님, 저는 어림도 없어요.
체육 시간과 점심 시간과
사이사이 쉬는 시간 빼면
겨우 다섯 시간밖에 못 자는걸요.

욕 주머니

고개 쳐들고 욕할 때마다
하늘이 드넓어진 거야 그러니까
하늘은 시퍼렇게 질린 욕 주머니라니까
삿대질할 때마다
위아래 사방팔방으로 도망쳐서
저리도 막막하고 아득하고 깜깜해진 거야
흘깃흘깃 실눈 뜨고 눈치만 보는
저 별빛 좀 보라니까
맘 놓고 질러 봐
하늘도 착한 우리의 욕은
맛나게 받아 드실 거야

봉사 활동

여기 오는 학생들 참 예쁘지. 근데 그냥 놀다 가라고 말해. 노인 정 둘에 중학교와 고등학교까지 있으니, 애들이 좀 많이 오겠어. 봉사 활동 계획서에 써 온 대로 커튼을 빨면 토요일과 일요일에는 십 분 간격으로 커튼을 떼었다 붙였다 해도 모자라. 그나저나 빨고 널고 할 것도 없어. 블라인드로 바꾼 지 오래여. 또 뭐냐? 풀 뽑고 마당을 쓴다고 써 오는데, 시멘트 바닥이여. 화분에 고추 몇 포기 심은 게 다여. 그리고 맨날 방바닥 물청소하면 늙은 이들 궁둥이에 진물 사태가 나. 또 다들 말벗해 준다고 하는데, 너무 많이 찾아오는 날에는 핸드폰이나 하라고 외려 부탁하지. 안마도 필요 없어. 저기 전동 안마기도 잘 안 써. 삭신 다 부서져서 삭정이가 돼. 그냥 개구리처럼 자기들끼리 조잘거리는 게 좋아. 입학시험에 필요하다니까 오기 싫어도 오는 거 아니겠어. 여기 오는 이유가 뻔해도 싫진 않아. 진짜 마음이었다면 대학생이 되고 취업한 뒤에도 찾아와야지. 첫 월급 타면 베지밀이라도 들고 와야지. 안 그래?

겨울이 오는 소리

음악 수행 평가는
노래 새롭게 부르기다
우리 조는 애국가를 바꿔 부르기로 했다
1절에는 꾀꼬리 소리와
개구리 울음소리를 넣었다
2절은 여름이니까 매미 소리와
천둥소리로 박자를 맞췄다
3절은 가을이니까 귀뚜라미 소리와
개 짖는 소리로 장단을 넣었다
달밤 낙엽 지는 소리에 귀는 자라니까
4절은 눈 오는 소리와
얼음 어는 소리를 넣었다
온몸을 부르르 떨며 흰 종이가루를 뿌렸다
사실 아무 소리도 넣지 않은 거다
겨울은 침묵의 계절이니까
안으로 깊어지는 시간이니까

풀밭 학교 5교시

풀밭 학교로
봉사 활동 나왔다.

소 엉덩이에
똥이 덕지덕지하다.
어디가 가려운 줄 알겠다.

나도 어딘가에
똥 부스러기가 붙어 있을 것 같다.

뇌가 가렵다.

아빠

선생님 늦은 시간에 미안해요. 지금 여기로 와 주실 수 있어요? '애인'이라는 노래방이에요. 엄마가 쓰러졌어요. 노래 부르면 안 되는데 손님이 자꾸 시켰나 봐요. 엄마는 폐가 안 좋거든요. 친구가 멀리 현장 실습에 가서 올 수가 없대요. 사실 저 동거하고 있어요. 절대 나쁜 짓은 안 해요. 믿어 주세요. 엄마가 이혼할 때 위자료를 조금 받았는데 새 남자한테 사기당했어요. 갈 곳이 없어서 두어 달 여인숙에서 살다가, 제 친구 자취방으로 간 거예요. 정말 들어가기 싫었지만, 시끄러운 여인숙보다는 낫잖아요. 다행히 방이 둘이에요. 저랑 엄마는 작은 방에서 자는데 월세라도 보태야 한다고 노래방에 나갔다가 쓰러진 거예요. 학교 그만둔 미수랑 효실이가 쌀하고 밑반찬도 보내 줘요. 선생님 속을 많이 썩였지만 의리가 있는 애들이에요. 우리 엄마도 착한 사람이에요. 노래방 도우미라고 나쁘게 생각하지 마세요. 청소하고 과일만 깎는대요. 저도 날라리가 아니에요. 현장 취업 1호는 저에게 주세요. 월급이 적어도 괜찮아요. 선생님이 제 인생에 마지막 담임이에요. 근데 선생님, 어디까지 오셨어요? '애인노래방'에서 조금 떨어진 '아빠식당' 나무 의자에 앉아 있어요. 애인이 아니라, 아빠라고요. 아시겠어요?

가장 어려운 일

정말 잘못했어요
이제 싸움질 안 할게요
모두 잠들기만을 기다리느라고
기도가 늦어졌어요 이제부터는
무릎에다 하느님을 모실게요
내가 필요한 자리라면
무릎이 보이지 않을 정도로 달려갈게요
내가 껴서는 안 될 곳이라면
무릎 꿇고 기도하는 사람처럼
제자리에 붙박여 있을게요
무릎 아래가 없다면 발길질하며
싸우는 일도 없겠지요
아무리 화나도 기도하는 손으로
주먹을 만들지 않을게요
그런데 무릎 꿇고 하는 일이
가장 어려운 것 같아요
반성과 기도 말이에요

오금이 저리고 졸려 오네요
나머지는 누워서 할게요 하느님
제가 태어날 때 당신이 선물해 준
두 무릎이 떨어져 나갈 것 같거든요

약봉지

등교 도우미 어르신이
은행나뭇길을 쓸어 놓자

마지막 지각생이
첫 발자국을 찍으며 달려간다

가방 속 약봉지에서
어린 새 울음소리가 들린다
젖은 날개깃 치는 소리가 들린다

앓고 나면
날아간 새의 무게만큼 홀가분해진다
새의 눈동자처럼 별을 품는다

아픔을 다 쏟어 주고 싶다
약봉지에서 비질 소리가 들린다

알약은
식후 30분에 뜨는 별이다
약봉지는 별의 둥지다

날라리벌

엄마 치마폭에서 놀지 않을래요
치마폭은 엄마 그림자 안에 갇혀 있죠
너 그렇게 살다가는 엄마 아빠 꼴 난다는 말
그동안 진저리 치게 들었죠
내가 왜 밖으로만 도는지 모르시죠
한때는 아빠 땀냄새가 자랑스러웠어요
엄마가 싸 준 김밥과 손뜨개질한 목도리가 좋았어요
정말 병아리처럼 엄마 치마폭에서만 살고 싶었죠
아빠 팔에 매달려 세상 흙탕물을 건너고 싶었어요
나를 내친 건 엄마 아빠의 불안이에요
이미 꿈을 팽개친 어른이란 걸 들킨 뒤였죠
못나서 미안하다고 성질부터 냈잖아요
나는 날라리가 아니에요 날라리벌이에요

아무 생각 없이 떠돌아다니는 거 아니라고요
친구들보다 멀리 날아가서 색다른 꽃을 만나죠
모두 내 뒷모습만 보며 손가락질하지만
내가 노니는 드넓은 나라의 꽃은 알지 못하죠
내가 입고 다니는 이상한 옷은 색다른 꽃가루죠
으스대는 게 아니라 어깨춤을 추는 거예요
기다려 보세요 가까운 꽃이 다 져 버리면
산 넘고 바다 건너 새 세상으로 안내할게요
그때는 당당하게 김밥을 싸요
나는 날라리가 아니에요
모두 나아갈 길을 잃었을 때
돌아오는 길까지 알려 줄 날라리벌이에요

보호 관찰

얼룩말은
얼룩이 생명이다

막대벌레는
막대기가 몸인지
몸이 막대기인지
헷갈릴수록 막대벌레답다

탱자나무는 가시가 최전선이다
쐐기벌레는 쐐기 털이 최첨단이다

부릉거려야 자동차다
식식대고 빵빵거려야 전진한다

나는 얼룩으로 무늬를 짠다
가시와 쐐기 털을 하늘 쪽으로 세운다
나는 최전선으로 진보하고
최첨단으로 무장한다

나는 나를 보호 관찰한다

대학생

난 대학 걱정 안 해.
이미 대학촌에서 살잖아.
우리 동네는 어린이집도 떡볶이집도
대학 부설이야. 낙성대에 살거든.
게다가 건강한 사내라면
기본적으로 대학 둘은 나오잖아.
군대하고 노인 대학 말이야.
어차피 공부는 평생 교육이야.
노인 대학 재학 중에 졸업 여행 떠나니까
학생부군(學生府君)이라고
축문(祝文)에 쓰는 거야.

두더지 게임

많이 맞은 놈일수록
더 빛난다

어둔 곳으로 가야겠다
나는 좀 어둡게 살아야겠다

돌멩이가 웃었다

오늘은 시험 보는 날,
돌멩이를 툭툭 차며 학교에 간다.
돌멩이도 학교에 가기 싫은지 자꾸 샛길로 빠진다.
도랑에 빠지고 찻길에 뛰어든다.
뱅그르르 돌아서 내 뒤꿈치에 숨는다.
전봇대에 이마를 박기도 하고
분리수거함 밑으로 들어가기도 한다.

시험 보는 날은 학교에 가기 싫다.
그래서 도랑에 들어가서 거미줄 위 잠자리도 떼어 주고
전봇대에 붙은 강아지 사진도 오래 들여다보았다.

'뽀삐 찾아 주시면 무조건 백만 원 드림'

시험 보는 일보다

강아지를 찾아 주고 할머니 틀니를 해 드려야겠다.

돌멩아, 너는 뽀삐가 간 곳을 알고 있겠지?

돌멩이가 입을 꾹 다물었다. 빨리 말하라니까!

돌멩이를 차려다가 땅에 박힌 돌부리를 걷어찼다.

눈물이 났다. 할머니 혼자 계신 우리 집을 돌아보았다.

발에 차이면 돌멩이도 깡통도 아무 말 안 할 거다.

나도 돌멩이처럼 걷어차이면 입을 꾹 다물 거다.

돌멩이를 주머니에 넣고 절룩이며 학교에 갔다.

책상 위에 놓인 돌멩이가 내 시험지를 꾹 눌러 주었다.

돌멩이 둘이 자꾸만 뒤통수를 긁었다.

돌멩이를 굴려서 답을 찍었다.

돌멩이를 믿은 내가 바보다.

어서 집에 가자! 주머니 속 돌멩이가 따뜻해졌다.

돌멩이가 입을 열 때까지 돌멩이를 키워 봐야겠다.

돌멩이가 말을 시작하면 강아지를 찾으러 다녀야겠다.
돌멩이랑 같이 목욕하고 화장품도 나눠 바르니까
돌멩이의 상처가 많이 나은 것 같다.
돌멩이가 드디어 살짝 웃었다.

사랑하면 닮는다고 한다.
검게 부어오른 내 발가락이 돌멩이를 닮았다.
아픈 발가락에서 강아지 울음소리가 났다.

'도랑에 들어갔을 때 하수구 멀리에서
강아지 울음소리 못 들었니?'

돌멩이를 책가방에 넣고 달려 나갔다.
이렇게 이른 새벽에
학교에 뛰어가는 일은 처음이다.
가방 속 돌멩이가 캉캉 짖었다.

4부

벽을 넘는 자세

삶의 부호

느낌표가 중요하지.
야구 방망이를 닮은
느낌표가 삶의 홈런을 만들지.
장외로 나를 날려 버리지.
멀리 날아가도 홈 플레이트는 잊지 마.
작은 번트가 오밀조밀
삶의 재미를 만든다는 것도.

책상도 네모,
서랍도 네모,
노트와 책도 네모지.
네모난 빈칸을 채우는 게
지겨울 수도 있어. 하지만
수많은 벽돌을 메고 다니는 가방을 지키는 건
책상 옆 물음표 갈고리야. 어디로 갈까?
고리를 풀어 주는 건 언제나 물음표지.
덩굴손을 닮은 물음표가

지붕과 언덕과 담장, 너머를 만들지.
너머의 푸른 하늘을 당겨 주지.

마지막 하나 더, 줄임표는
풀잎 밑에 숨겨 놓는 게 좋을걸.
염소 똥 같은 말줄임표가 있어야
벼랑에 우뚝 선 나를 찾을 수 있지.
오래 달려 온 무릎 속 낮달을 만날 수 있지.
발굽 아래 깊은 계곡과
울음소리로 부풀려 놓은 하늘을.
물음표로 휘는 단단한 뿔을.

쌍자음 속에는

'ㄲ'을 보고 있으면
마음 꼬부라진 내 등을
누군가 다가와 두드리는 것 같다
그가 어깨를 토닥일 때마다
꿈, 깡, 꼴, 꾀, 끈, 끼, 꾼이란
삶의 열쇠가 눈을 뜬다

'ㄸ'을 쳐다보고 있으면
활짝 핀 꽃 두 송이가
벌 나비를 부르는 것 같다
손잡고 높이 오른 두 사람이
멀리 내다보며 기뻐 소리치는 것 같다
목젖에 햇살이 들이치는 것 같다

'ㅃ'을 굽어보고 있으면
꿈 보따리 위에 놓인
밥 두 그릇이 보인다
네댓 숟갈 서로에게 나눠 주는

볼그레한 잇몸이 보인다
똑같이 줄어드는 빈 그릇이 빛난다

'ㅉ'을 들여다보고 있으면
지난봄 꽃대궁과 한여름의 이파리와
늦가을 열매를 다 바치고
뿌리만 꼭 껴안고 겨울을 나는
희망의 갈무리가 보인다
믿음의 뿌리가 당차다

우리는 'ㅆ'이 되어
손을 맞잡고 봄으로 간다
도토리 키 재기처럼 어깨를 친다
어미 부리를 기다리는 알껍데기가 아니다
내가 먼저 알을 깨고 나간다
서로 어깨를 칠 때마다 싹이 튼다
땅속 깊은 데부터 발자국 소리를 채운다

여행

바닷가 파도 거품을
잇대어 그리면 세계 지도가 돼
얼음에 갇힌 곳은
황제펭귄이나 곰이 그려 줄 거야
그곳은 늘 하얗게 꽃이 피지
여행 가고 싶다는 말은
바닷가를 거닐고 싶다는 거지
하얀 세상으로 가고 싶다는 거지
발등에 올려놓은 지구본을
펭귄 알처럼 굴리며 두어 달 굶어도 좋아
가야 할 곳, 가고 싶은 곳은 늘 젖어 있지
그러니까 먼저 눈시울을 여행하는 거야
젖은 속눈썹을 흔드는 커다란 짐승부터 만나는 거야
나에게로 여행 와서 커다란 배낭을 푼 인생에게
내가 물고기를 잡아다 줘야겠지
먼 곳을 다녀온 연어가 좋겠지

난 짐승이란 말이 좋아

내 젖은 곳으로 와서

눈물을 굴리는 야생의 숨소리가 좋아

점 하나의 여행을 탄생이라고 하지

점을 굴려 또 다른 점과 잇대며 여행하는 거야

점은 언제나 젖어 있지

물방울은 어느 한쪽이 말라 버리면

하나로 만날 수 없으니까

옷걸이 자국

빨래를 걷는데
내 빨간 스웨터 어깨에
옷걸이 자국이 볼록하다.

힘들어도 어깨를 펴.
날개를 늘어뜨리지 마.

옷걸이의
작은 닭알주먹이
내 두 어깨를 부풀려 놨다.

노란 주전자

마음은 노란 주전자 같아. 황금을 꿈꾸지만 빛깔뿐이지. 게다가 뚜껑이 자주 열리고 동굴처럼 시끄럽지. 끓기도 전에 들썩거리고 잔바람에도 나뒹굴 때가 많지. 뚜껑에 끈을 달아야겠어. 가슴과 머리가 짝이 안 맞아. 가벼운 충격에도 안으로 쭈그러지니까 자꾸만 속이 좁아져. 상처를 닦고 지우려 해도 달무리처럼 사라지지 않아. 벽에 걸린 주전자처럼 둥근 달이 되고 싶어. 시든 꽃나무나 목마른 목젖에 달빛을 따라 주고 싶어. 맞아. 주전자는 성선설 쪽이야. 후딱 달아오르고 쉬이 식는 게 흠이지만, 맹물이나 모래라도 채우고 나면 바닥에 착 가라앉는 느낌이 좋아. 온몸에 차가운 물방울이 잡힐 때는 철학적이란 생각도 들어. 마른 화단이나 파인 운동장에 몸을 기울일 때 가장 뿌듯해. 다 내어 주어서 어둡고 서늘해질 때 나는 잠깐 황금 주전자가 돼. 하지만 황금보다는 가볍고 명랑한 황금빛이 좋아. 나는 노란 주전자가 좋아.

삶은 감자

뜨거운 솥에서
삶은 감자를 꺼내 놓으면
모기가 먼저 주둥이 박지.
얼마나 맛난지 주둥이 박은 채 잠들지.
서두르다가 입이 익어 버리지.
모기가 마지막에 빨아먹은 건
제 주둥이 맛이지.
남의 피 맛에 길들면
제 고기 맛을 보게 되지.
삶은 감자처럼, 삶이
으깨어 문드러지지.

모기에게

박수 소리 좋아 마라
죽는 수가 있다

한가위

엄마가 올라가고
누나가 올라가고
아빠도 올라간다

아침 먹고 올라가고
설거지하고 올라가고
과일에 케이크까지 먹고는
안 올라가려다가 올라간다
형님 먼저 아우 먼저
한 발만 올려놓는다
외려 체중계가 살 빠지겠다

저녁밥 먹고는
약속이나 한 듯
아무도 올라가지 않는다
저울 얘기는 꺼내지도 않는다
누가 치웠나 보이지도 않는다

달은 어디서 추석을 쇠고 왔나
보름달은 호박전 명태전 버섯전
소복하게 부쳐 놓은 소쿠리 같다

오늘따라 옥토끼는
왜 저리도 힘이 셀까
절구통엔 체중계가 들어 있겠지
저도 저울이 싫어서
짓찧고 있겠지

실컷

실컷,이란 말을 할 때마다
끊길 듯 잡아당기는 실의 힘을 느낀다
실컷 밥을 먹었다고 말하면
젓가락과 밥알과 식도와 위장이
끈 하나로 이어져 줄다리기하는 것 같다
산에 올라 실컷 숨을 들이마실 때도
공기 방울 한 알 한 알이 실에 꿰어 있어서
히말라야 찬 공기까지 들이칠 것 같다
너를 처음 실컷 안고 싶어졌을 때
천만 년 전 별의 눈동자를 만났다고
고백을 할 것이다 두근거리는 달빛을
다음 생까지 실컷 품고 가겠다고

살림

삶은 살림이야.
세상의 모든 책을
커다란 가마솥에 넣고
개밥바라기가 뜰 때까지 고면
사랑과 구원이란 낱말만 남는대.
사랑은 펄펄 끓는 구원을 감싸고,
구원은 뜨거운 솥 바닥에 누운
사랑이란 글자를 높이 받들고 있대.
다시 솥뚜껑을 덮고 장작불을 지피면
드디어 살림만 남는대.
구원이 사랑을, 그리고
사랑이 구원을 살린 거지.
삶은 살림살이야.

꽃대

배추는 무언가 감추려고
자꾸 자신을 껴안는 게 아니다
한 잎씩 돋아나는 두려움과
까닭 모를 설움을 감싸 안았을 뿐이다
내 안에서 솟구치는 나를 꼭 안아 주면
호박벌의 북장단도 울려 퍼지는 것이다
꽃대가 올라오는 것이다

맨손

처음 벽을 만났을 때
손바닥에 모은 힘이 발꿈치로 다 빠져나가
고개를 숙이고 무릎을 꿇었다
하지만 벽한테 진 게 아니다
상체를 낮추는 건 벽을 넘는 기본자세다
고꾸라질 듯 밀고 나아가는 거다
누군 겸손하다며 머리를 쓰다듬을 테고
누군 달걀로 바위 치기라고 비웃을 것이다
하지만 맨손에 얹히는 무게를 즐기리라
얼굴 돌리는 순간, 벽은 끝까지 쫓아와서 짓누르리라
옹송그린 등짝을 파먹으며 덩치를 키우리라
벽도 캄캄하고 답답해서 뜨거운 손바닥을 기다린다
바닥으로 가라앉아 최초의 맨발이 된다
바람도 덩굴손도 맨손 맨발이다
올라 보면 안다 벽은 처음부터 비좁은 바닥이었다
장미 가시나 깨진 병 조각만으로 으스댄다

벽을 만나면 벽의 뿌리에 이마를 들이댄다
높이가 아니라 바닥이다
바닥만이 바닥을 넘는다

울음 장례식

울다가 죽고 싶을 때가 있다

배추흰나비도 알락명주잠자리도
제가 쏟아 낸 눈물 속에 눕고 싶을 때가 있다

벌레만도 못하다는 생각이 들 때
더 벗어 던질 껍질도 없어 억장이 무너질 때

걸려든 게 아니라 방문한 것이다
수의 안에 고여 있는 남은 울음 덩어리를
지극정성으로 녹이는 거미는
허공장례식장 울음 장례사다

마지막 눈물 한 방울까지
울다가 죽고 싶을 때가 있다

출발선

비탈이라서 고맙습니다
태어나자마자 신나게 구르겠습니다
해마다 좀 더 높은 곳에
구름판을 만들어 주셔서 감사합니다
바람 세찬 곳에서 가장 멀리까지 굴러가는
도토리가 되겠습니다

별

네모 안에 동그라미를 넣는 방법은?
이슬이 잘 알지.
아침마다 이슬은
거미줄 네모 칸에 들어갔다 나오니까.

동그라미 안에 네모를 넣는 방법은?
그건 모두가 잘 알지.
둥근 마음에 미움을 품는 거지.
뾰족한 모서리는 빠져나가지도 않지.

그럼 동그라미 안에 별을 넣는 방법은?
그건 네가 잘 알지.
네 동그란 눈망울에는
늘 별이 떠 있으니까.

희망

화장지
갑 티슈

그래
이렇게 비우는 거다

우는 거다

가슴을 키우는 거다

아직 오지 않은 나에게

2020년 11월 30일 1판 1쇄
2024년 4월 10일 1판 4쇄

지은이 이정록
그린이 최보윤

편집 김태희, 장슬기, 이은, 김아름, 이효진
디자인 김진디자인
제작 박흥기
마케팅 이병규, 이민정, 김수진, 강효원
홍보 조민희

인쇄 천일문화사
제책 책다움

펴낸이 강맑실
펴낸곳 (주)사계절출판사
등록 제406-2003-034호
주소 10881 경기도 파주시 회동길 252
전화 031) 955-8588, 8558
전송 마케팅부 031) 955-8595 편집부 031) 955-8596
홈페이지 www.sakyejul.net | **전자우편** literature@sakyejul.com | **블로그** blog.naver.com/skjmail
페이스북 facebook.com/sakyejul | **인스타그램** instagram.com/sakyejul

ISBN 979-11-6094-692-5 03810

*이 도서는 한국출판문화산업진흥원의 '2020년 우수출판콘텐츠 제작 지원' 사업 선정작입니다.